病んでいた僕が
別人のように
元気になる本

平野 満咲人
HIRANO Masato

文芸社

はじめに

あのとき、僕は、狂気のただ中にいた。

真夜中のお寺の鐘楼に駆けこみ、鐘をガンガン鳴らした。息を切らしながら、お寺の中で暴れた。

やがて、日付が変わって2000年3月28日（当時26歳）。

僕は寺から降りて、夜の町をさまよった。

朝方になって、僕は駅前に止まっていた右翼の宣伝カーのドアをたたいた。

「これから親を殺しに行くから乗せてくれ」と言った。

右翼の二人はひどく驚いていた。

親を殺して自分も死ぬんだ。

僕は手でナイフを弄んでいた。

そのときだ。僕は数人の警察官に取り押さえられ、地面にたたきつけられた。ナイフも蹴飛ばされた。

どうやら警察官がずっと僕の後をつけていたらしい。

取調室で狂気めいたことを叫び、その場で精神科病院送りが決まった。

そして個室に入れられて、面会謝絶となった。僕への診断は重度の「統合失調症」であった。

だが、僕はその後退院することができ、いろいろな人に出会い、さまざまな挑戦を続けた。

そして、ついに求めていた「家族愛」を得ることができた。

この本は僕が「家族愛」に辿《たど》りつくまでの、放浪の物語だ。苦しみ悶《もだ》えながら渇望した「家族愛」への旅だった。

僕と同じように閉ざされた時間と空間の中で生きている人が多くいるに違いない。でも、生き続けること、少しずつでも希望を持って生きていくこと。

それは必ずあなたの自信となり、あなたを成功へ導く。

この本がその証明書なのである。

病んでいた僕が別人のように元気になる本

物心ついたとき、僕は母方のおばあちゃんと二人で暮らしていた。
広い屋敷で、二人で遊んで、二人でご飯を食べて、寝るときも一緒だった。
おばあちゃんは僕には優しかった。いつでも僕を甘えさせてくれた。
おばあちゃんにはなんでも話すことができた。
僕はおばあちゃんが世界で一番好きだった。
「僕はおばあちゃんと結婚するんだ。そしてこの国の総理大臣になるんだ」
いつもこう言っていたし、本気でそう思っていた。
二人だけの生活はとても楽しく、満たされていて、幸せだった。
さまざまな色があふれ、きれいな音楽が流れていた。

それが、中学に入ると同時に、僕らは無理やり引き裂かれた。
僕は楽園から追い払われた。
美しく彩られた生活は、モノクロの世界となり、惨めで悲しいだけの空間となった。まさに天国から地獄に落とされた気持ちだった。
これが僕の人生の、第1回目の転機となった。

楽園の時代

僕が生まれたのは、1973（昭和48）年。場所は千葉県の田舎町。海辺の町で、潮干狩りで知られていた。本当に潮干狩りだけで、ほかにはまったく何もなかった。
僕は動物病院の家に長男として生まれた。僕が生まれた2年後に、弟が生まれた。これで家族が4人。たぶん裕福な家庭だったのだろう。だが、僕には、この家族はどうしようもなく歪《ゆが》んでいるとしか思えなかった。

おばあちゃんと暮らすようになったのは、僕が3歳のときからだった。
あとから聞いた話によると、おじいちゃんが死んだことがきっかけのようだ。
母の父母、すなわち僕の祖父母は東京の下町に住んでいた。祖父は地元の小学校の校長先生をしていて、ずいぶん立派な人であったらしい。東京学芸大学を2年飛び級で卒業するほどの秀才であったと、おばあちゃんから聞いた。その祖父は60歳で亡くなってしまった。

僕はこの祖父母にとてもなついていて、おじいちゃんの家までよく遊びに行っていた。おじいちゃんは、いつもニコニコしている人だった。一緒にお風呂に入ったような記憶もある。大学病院に入院していて、よくお見舞いにも行った。

僕は、おじいちゃんやおばあちゃんといるといつもニコニコしていたが、両親と一緒だと泣きだした。そんな子供だった。考えてみると、こんな子供が親にかわいがられるわけがない。

おじいちゃんはきっと子供の扱いも上手だったのだろう。

「おじいちゃんは、なんで小学校の先生をしていたの？」

おばあちゃんに聞いたことがある。

「小学生はね、可能性でいっぱいだから育てがいがあるって、おじいちゃんは言っていた」

　おばあちゃんは教えてくれた。

　人格者であり、そんなところがうちの両親とはまったく違っていた。

「でもね、酒タバコがやめられない人だったの」

と、おばあちゃんはこぼしていた。

　酒タバコが健康に悪かったのかもしれない。肺がんになり、それが転移し臓器を摘出したが、間に合わなかった。

　おじいちゃんが死んでしまうと、おばあちゃんは一人になってしまった。

　そんなとき、僕の母がおばあちゃんに「うちの家の近くに来て暮らしませんか」と提案した。これにおばあちゃんが飛びついた。

　たまたま動物病院の隣が空き地となって売りにだされたものだから、それをすぐに買って更地にして、たちまち家を新築した。

　おばあちゃんはとりわけ、僕を気に入っていたから「まーくんと一緒に暮らしたい」と願いでたようだ。

両親はこれを喜んだ。二人とも獣医で、動物病院を経営していたが、スタッフを雇う余裕もなく、二人で必死に働いていた。苦しい時期だった。弟も赤ん坊で、手いっぱいであった。

煩わしい長男を放りだせるなら、こんなありがたいことはないと思ったのだろう。

こうして僕は、おばあちゃんに預けられ一緒に暮らすことになったのである。


おばあちゃんとの生活は、おもちゃ箱のような楽しい思い出ばかりだ。

例えばクリスマスがある。

おばあちゃんと一緒に暮らしていたころの僕は、サンタクロースは本当にいるものだと信じきっていた。

「おばあちゃん、今年のクリスマスにサンタクロースは来るかな」

僕は毎年のように尋ねるのだった。

「もちろん来るわよ。まーくんがお願いしたもの」

いつもこのようにおばあちゃんは答えるのだった。

「サンタクロースは今どのへんにいるのかな」

「そうねえ、きっと館山《たてやま》のあたりを回っているよ」

「この家には何時ごろに来るのかな」

「さあねえ、きっと夜遅くなるのかな」

「早く来るといいなあ」

当日はこんな会話を毎年のようにするのだった。

サンタクロースは、僕へのプレゼントを居間のこたつの上に置いていた。少しでも早くプレゼントを見たくて、夜中に僕は、何度も居間へ行った。

こんなところは、弟とは違っていた。弟は「サンタクロースなんているはずがないだろう」と言っていた。ひどく冷めていたのである。くよくよする性格でもなかった。かといって明るいというわけではない。表情を読み取るのが難しい男の子だった。

僕と違って、殺伐とした家庭で育ったからかもしれない。


あるとき僕は、「なんでおばあちゃんは僕と一緒に暮らしているの」と聞いた。

「それはね、まーくんが大好きだから」

そう言っておばあちゃんは、僕を抱きしめた。

「でも実はね、もう一つ理由があるの」

「なに？」

「前に住んでいた家は広すぎて、お化けが出たのよ」

おばあちゃんは真剣な顔で言う。そうして「ああ怖い怖い」そう言って、また僕を抱きしめるのだった。


おばあちゃんは新しもの好きだった。テレビが大好きで、新型のテレビが出るとすぐに買ってしまう。二人でよく、そんな大型のテレビを見ていた。

おじいちゃんが校長先生だったから、年金もあってお金には困らなかったのかもしれない。

三味線も習っていた。おばあちゃんが弾く曲を毎晩のように聴いていた。

手先が器用で、プラモデルを作るのが得意だった。僕と一緒にいくつものプラモデルを作った。

手袋も縫うことができて、いつも僕はその手袋をしていた。

僕は何でも夢中になってしまう性格で、好きになったらとことん突きつめなければ気が済まなかった。

勉強も好きだった。家からすぐのところに公文の教室があって、小学校に入ってすぐに通いだした。町ではトップクラスの成績だった。

特に算数が好きで、4年生のときには6年生の問題を解いていた。

オセロも好きだった。地域の大会がデパートであり、そこで優勝して全国大会に進んだこともある。

スイミングスクールに通っていて、泳ぎにも夢中になった。小学校では水泳の選手に選ばれた。

縄跳び大会が毎年あって、小学校のころは学年1位だった。

何もかも全部が輝いていた。ここまでが僕の黄金時代だ。

空白の時代

中学に入ると同時に、僕はおばあちゃんと引き離された。

「帰ってこい」という父の一言で、僕はおばあちゃんの家を出て、実家に戻ることになった。

もちろん嫌だったが、おばあちゃんも「帰りなさい」と言う。きっと心を鬼にして言ったのだと思う。教育者の妻として、父の意志に従わせるべきだと考えたに違いない。おばあちゃんと離れたことがショックで、それからは眠れない日が続いていたと、あとから聞いた。

中学は新設されたばかりの私立学校の中等部に通った。中高一貫校で進学校であるという触れこみだった。これに惹《ひ》かれて、僕は受験し合格した。中学受験用の塾にも通っていた。

一学年90人で30人の3クラス。上には2年生がいるだけで、3年生はまだいなかった。地元の小学校から私立の中学校に行ったのは、クラスで僕だけであった。みんなは、地元の中学校へ進学している。突然知らない世界へ放りこまれ、友達は一人もいなかった。

あまりの環境の激変に、僕は性格も様変わりして、誰ともしゃべることができなくなった。いつも一人だった。誰も話しかけてこないし、こちらからも話しかけない。

その中学校は男女共学で、男子のほうがやや多い。楽しそうにじゃれ合う級友を見て、僕は塞ぎこんだ。部活にも参加していなかったし、勉強もまったく手につかなくなってしまった。

僕の学力は小学生のまま完全に停止してしまったのだ。

戻った実家は、本当に味気なかった。

親からの愛情はまったく感じられなかった。

自分たちの大切な子供として扱われることはなかったし、逆にこちらも両親を親と思ったことはほぼなかった。

親からしてみれば、ご飯を与えておけばいいだろう程度。家畜かそれ以下の存在だったのであろう。

ただそのころ、実家の病院経営はやっと軌道に乗り、数人のスタッフを雇う余裕も出てきていた。

父は医療法人の社長におさまり、毎日ベンツのカタログを眺めていた。

「ベンツが欲しい。ベンツを買おう」

毎晩のように父は言っていた。

「今回は１２００万円のベンツにしておくか。１５００万円のもいいが、それは今度にしておこう」

ついにベンツが納車されたのは、僕の中学1年の夏だった。

父はすぐに僕を乗せようとした。車に乗って町に出て、皆に見せびらかしたいのである。

僕はベンツの助手席に乗せられ、ひどく憂鬱になった。

思春期の時期と重なったこともあったかもしれない。父は上機嫌だったが、僕は人生をどん底に突き落とされた気持ちであった。

父にとってベンツは、金持ちの証しであった。

我が子よりもお金が重要で、最大の関心事であった。

僕が何か話しかけると「それが金になるか」とよく言い返された。やがて僕は、何も話しかけることができなくなった。

例えばこんなことがあった。

僕の中学校の先生が、自分の限られた給料で、いかにやりくりをしているかという話をしてくれたことがあった。先生の給料は13万円だったと思う。そのことを父に話すと、「たった13万円か。俺だったら1日でそれ以上稼ぐ」と、勝ち誇ったように言うのだった。

父は事業を拡大するため、自宅と病院を建て替えた。部屋が増えて個室が与えられ、僕はいよいよ引きこもることになった。

実家に戻ったことで、世界が１８０度変わった。光が闇に変わり、温もりが冷たさに変わった。

僕は父に「おばあちゃんには会うな」と厳しく言われていた。おばあちゃんから会いに来ることもなかった。おそらく孫とは会うなと言われていたに違いない。

そんな家庭で育ったから、中学生のころの僕には、心の拠り所がまったくなかった。それでも辛くなったときは、おじいちゃんの墓参りに一人で行った。東京の葛飾《かつしか》区にあるお寺におじいちゃんの墓があった。そこへ行くと、心が和みほっとするのだった。

僕にとっては、母もよくわからない人だった。

母とはほとんど会話した記憶がない。

ぽつりぽつりとはしゃべるが、言葉を交わすというほどではない。

これは高校のときだが、母が僕に向かって「あなたは宮崎勤に似ている」とよく言うようになった。

宮崎勤とは、1988年から翌1989年にかけて、東京・埼玉県で発生した連続幼女殺しの殺人犯である。4歳から7歳の幼女を4人殺して、死刑となった。

頻繁にテレビで報道されるようになると、僕に向かって「似ている」と言うのである。

自分の息子に対して言う言葉だろうか。

両親ともに、とんでもない親だったが、そのころは、親というのはそういうものだと僕は感じていた。思考も感情も停止していたのだ。


それでも学校には通っていた。

中学は義務教育だからということもあるが、高校に入ってからは幼なじみの哲ちゃんが毎朝家まで迎えに来るようになった。哲ちゃんは幼稚園から小学校までとても仲の良かった男の子である。

中学は地元の公立に入ったが、高校は私立の高校に入った。家も近ければ学校も近いということで、一緒に通学しようと誘ってくれるのである。

もし彼がいなかったら、僕は完全に登校拒否になっていただろう。

哲ちゃんを窓口に、僕はかろうじて社会との接点を保つことができた。

かろうじて生きているだけの、中学高校時代であった。

恩師との出会い

僕にとってまったく無意味な生活が一変したのは、高校3年のときの家庭教師との出会いだった。今では小児科病院の院長を務めている医師である。

僕は彼を「恩師」と呼び、心の底から尊敬していた。

僕が自然にしゃべることのできる二人目の人物であった。

不思議な出会いだった。

高校2年の終わりごろ、父は千葉市に別宅を構えた。空き家にしたままでは家が傷むということで、週末母と僕と弟が泊まりこむようになった。

母にとっては気晴らしになったのかもしれない。千葉市の繁華街にも近いことから、買い物にも便利だったのであろう。

高校3年になったばかりの春のことである。

僕が一人で別宅にいて、何気なく見かけたチラシに家庭教師派遣の文字があった。そこには千葉大学医学部の学生が家庭教師として受験勉強を見てくれると書かれてあった。

僕は漠然と医者になりたいと思っていた。動物を診る獣医ではない。人間を診る医者だ。人間を診る医者となれば、親を超えることができると信じていた。

医者になって、金持ちになって、親を見返してやりたいと、強く思った。

別宅で、両親と家庭教師のセンターの担当者とのちの恩師との面接があり、両親は好き勝手なことを言った。父はベンツのことを自慢していた。

母も、息子は宮崎勤にそっくりだと言っていた。

いつもの調子である。僕は何とも思わなかったが、二人きりになってから恩師は憤然として話しだした。

「なんて両親だ」

「……何がですか？」

「君は何とも思わないのか」

「え……？」

「君のお父さんは、息子よりもベンツだと、明らかに言っていた」

「いつも言っています」

「母親は何だ。何が宮崎勤だ。君はそれでいいのか」

「………」

僕は驚いた。両親のいつもの口癖である。

「君は人間としての尊厳を持っているのか？　あの人たちは何なんだ！」

何のことかわからなかった。どうやら彼の目には、僕の両親は、ありえない人間のように映ったらしい。だが、僕にとってはいつもの両親であった。

「あれは当たり前じゃない。親として子供より大切なものがあるか！　ベンツのほうが大事だなんて、そんなことを口にする親があるものか！」

言われてみれば少しおかしいような気もしてきた。

「これを君は変に思わないのか？　君を指差して、宮崎勤に似ているだと？　それが母親の口にする言葉か！」

今まで、不思議にも何とも思わなかった。危機感を抱いているわけでもなかった。

「平然としている君も、人としてどこかおかしい」

そうかもしれないと、僕はじわじわと両親を異常に感じてきた。

僕はとんでもない両親のもとに育てられてきたのではないか……。

そう思うと、突然、はらはらと涙があふれてきた。

今までの暮らしがガラガラと崩れ、新しい感覚が芽生えてきた。

中学高校と僕はまったく成長していなかった。完全に自分の殻に閉じこもっていた。両親のあるべき姿さえも、考えることを拒んでいた。

自分がとてつもなく情けなく思えてきた。

僕はますます涙があふれてきた。

これほどの環境に置かれて、なんで今まで黙ってきたのだろうか。どうしようもなく悔しく思えてきた。

やがて両親が憎らしくなった。平気で自分の息子をないがしろにするような奴らだったのだ。

僕はついに声を出して泣きはじめてしまった。

恩師も一緒に泣きはじめた。二人で泣き崩れた。

僕は同時に、人間らしい感覚を取り戻しつつあることを感じていた。

僕はこれまで感情を持たなかったのである。人間としての心を無理やり押さえつけていた。これではただ存在するだけで、とても生きているとは言えない。

そう思うとますます泣けてきた。僕は声を上げて大声で泣きはじめた。

そして思ったのが、両親を見返してやるということだった。絶対に医学部に合格して、両親を見返してやる。動物の医者より偉い人間の医者になって、大金持ちになってやる。

じわじわと復讐《ふくしゅう》心が湧いてきた。

僕はメラメラと、強い意欲が湧いてくるのを感じた。

死ぬほど勉強して、絶対に医学部に合格してやる。泣きながら僕はそう思った。大泣きに泣くことで、これまでの自分の情けなさが清算され、勉強への意欲が湧いてくるのがわかった。

受験勉強の本格化

こうして僕の猛勉強が始まった。４月から本格的な勉強が開始された。

契約上は週に１回60分だったが、恩師はわかるまで教えたいと言ってくれた。「時間にとらわれることなく、何時間でも対応します」と断言した。紹介者であるセンターの担当者の前であった。この言葉がとても印象的だった。すごい人だと思った。

そして、何が何でも医学部に合格してやると僕の心に火がついた。

志望校は科目数の少ないT大学医学部一本に絞った。

英語、数学、化学の３科目である。

実際、授業の初日は、いきなり徹夜となった。何時間かけても終わらないのである。

やっと終わったのは、明け方になってからだった。

母もどう言葉をかければいいかわからなかったらしい。

しかし、5月になっても僕の成績に変化はなかった。数回通ううち、恩師は言った。

「まさと君、君は基礎がまったくできていない」

僕は中学に入ってからまったく勉強をしていなかった。小学6年生どころか、学力はもっと低下していたかもしれない。

「少し遠回りになるが、小学4年生のドリルから算数と理科をやり直したほうがいい」

恩師はアドバイスしてくれた。

なるほど、そうだろう。基本的なことがわからず、無意味に時間ばかりをかけているような気がしていた。僕の偏差値は30程度であった。最も低いレベルである。これで医学部に合格できるわけがない。

それから僕は小学4年生のテキストを基に勉強をし直すことになった。僕は恩師の教えに従って歯を食いしばって頑張った。

恩師の言うことであれば何でも素直に従うことができた。心を開くことができたのは、おばあちゃんとこの恩師の二人だけであった。

恩師からは勉強だけではない、いろいろなことを教わった。

僕は中学校に入ってからというもの、まったく外部と閉ざされた環境にあったので、社会のことをほとんど知らなかった。飼い殺しのような状況である。

宮崎勤のことも詳しく教わった。あんな幼女殺しと一緒にされてはたまらない。

「あのような性癖は、大人の女性を知らずに恐れているからだ。若いうちから大人の女性と接したほうがいい」

恩師はそう言っていた。

ほかにもいろいろ面倒を見てもらった。アルコールを教えてくれたし、一緒にカラオケにも行った。僕は工藤静香の大ファンだったものだから、よく工藤静香の歌を歌った。

僕の社会観は一変した。恩師は僕の道しるべのようなものだった。


僕の成績もやっと上向きはじめた。

だが、10月になって、恩師も医師国家試験の準備が忙しくなってきた。

今大学6年生であり、来年3月が医師国家試験であった。もう半年しかない。

「来年落ちたらパン屋でバイトでもしながら次の試験を目指すよ」

僕にはよくそう言っていたが、笑いごとではない。

センターからも、別の家庭教師を派遣しましょうと相談がきた。

でも僕には恩師以外の家庭教師は考えられなかった。

母も真剣になって、「うちの息子がその先生になついている、今のままでいてほしい」と何度も恩師とセンターに頼みこんだ。

母は、恩師に「週末の土日に別宅に息子と一緒に泊まりこんで、勉強を教えてくださいませんか」と提案した。これなら、恩師も医師国家試験の勉強に打ちこむことができる。傍らで僕の勉強の面倒も見る。

これが受け入れられて、二人で受験勉強に臨むことになった。

すると僕の成績も次第に上がっていった。

年が明けて、2月になってからは毎日別宅に泊まりこみ、一緒に勉強することになった。先生も医師国家試験の勉強に集中するようになった。

僕の成績もずいぶん上がっていた。30だった偏差値が50にまでなった。

だが、T大学医学部の合格ラインは62であった。薬学部でさえ57だった。

まだまだ足りなかったが、僕は医学部挑戦をあきらめなかった。

現役のときは、医学部のみで薬学部は受けていない。T大学医学部一本であった。

浪人時代

さすがに現役のときは、合格には手が届かなかった。

しかし恩師は、医師国家試験に合格し、インターンに出ることになった。その春には、付き合っていた女性と結婚することになり、僕の家庭教師を続けることはまったく不可能になってしまった。

恩師は僕に、全寮制の医学部専門の予備校に行くことを勧めてくれた。そうすれば家を出て受験勉強に集中することができる。

恩師の勧めてくれたのが東京都墨田《すみだ》区の医歯薬専門の予備校であった。全寮制の予備校で、僕が入った寮は新小岩《しんこいわ》にあった。学校には30分ほどで、通学の便は良かった。

そのころの僕は、ハングリー精神の塊だった。

元々、猪突猛進で走りだしたら止まらないところがある。徹夜続きで勉強を重ね、10月になってついに倒れてしまった。

入院もしたものだから、寮を管理している寮長が自宅に連絡してくれた。さすがに両親が駆けつけてきた。父は、あんまり無理をするなよと言った。体が大事だからとも言ってくれた。

だが、歩み寄れば歩み寄るほど、なにくそと僕は思うのだった。お前らのいいなりになるものか。

恨みが歪んだハングリー精神に変わっていた。お前らを見返すためだけに、これだけ頑張っているんだ。僕に家族はいないと思っていた。

退院すると、さすがに寮長が週末は自宅に帰って休んだほうがいいと言ってくれた。寮母（寮長の妻）もちゃんと帰ってケアしたほうがいいと言う。気分転換になるのだからと勧める。

二人に迷惑をかけるのも良くないと思い、週末は自宅に帰ることになった。

しかし、もちろん、気分転換になるわけがない。

渋々帰ると、両親は妙に優しいのだ。それが癪《しゃく》に障って、一人になると僕は泣いていた。

その後僕は、猛勉強のペースを落とすことなく、1浪目もT大学医学部だけを受験した。しかし、まだまだ力及ばず、僕は2浪目を迎えることになる。

僕は予備校を変えようと思った。もっと遠いところがいい。

こうして見つけたのが神奈川県平塚《ひらつか》にある予備校だった。

やはり医学部専門であったが、予備校というよりは小規模な私塾に近い。塾生は5人だけで、それぞれアパートの部屋を与えられ、塾長がマンツーマンで教えてくれる。

それだけにお金がかかり、親にも迷惑をかけたはずなのだが、このころは何とも思っていなかった。

心配した母から毎日手紙が届いた。その手紙を事務員が部屋まで持ってきてくれる。

「いい親だね」と言ってくれたが、煩わしいとしか思えなかった。

両親が車でアパートまで来ることもあった。ベンツに乗って街中を走りたいだけだと僕は思った。

社会から隔離され勉強だけの日々を続けた。

父は獣医になれと言っていた。獣医は金になるという。

だが、獣医になれる学校は少なく、医学部よりも難しいほどであった。

獣医になる気はまったくなかった。そもそも動物が嫌いだった。犬も猫も嫌いだった。

人間の医者になって、父よりも金持ちになることばかり考えていた。

つまり、僕もお金に惑わされていたのだ。

2浪目も、受験したのはT大学医学部だけだったが、この年も不合格を突きつけられる。

僕の偏差値は60になっていた。あと少しだった。確かに試験は難しかったが、手応えはあった。もう1年勉強すれば手が届くと思われた。

両親への殺意

僕の浪人生活は3年目に入った。

3年目は元の医歯薬専門の予備校に戻ることになった。寮は本八幡《もとやわた》にあった。

3年目に入って、さすがに不安を感じた。T大医学部一校だけでいいのかと指摘する人もいた。

心の支えが、恩師だけというのも心細かった。連絡は取り合っていたが、会うこともままならなかった。

そこで3年目に追加受験することにしたのが、滑り止めの同じT大学の薬学部であった。推薦入学という妙な枠があって、推薦と言いながらしっかりと試験がある。高校を卒業さえしていれば試験を受けることができる。推薦試験のようなものだった。

その試験が受験の前年12月にあり、12月中に結果もわかる。ここで合格していたら心の支えになるし、安心材料となる。

もちろん、合格して支払った入学金は、ほかの大学に行っても返金してくれない。大学の金儲けのカラクリのような制度であった。だが合格したら、確実に大学生になることができる。心にゆとりが生まれ、受験勉強のラストスパートに全力投入できる。

すでにT大学薬学部は合格率A判定であった。


薬学部を受験し12月の発表当日、校舎まで掲示板を見に行った。

受験番号があった。

僕は胸をなで下ろした。電話ボックスに入って母に合格を伝えた。合否がわかったら電話するように言われていたからである。

「合格したよ」

僕は、いつになく明るい声で母に伝えた。ところが母からの返答は、まったく予想外のものであった。

「嘘《うそ》をついている」

「嘘じゃない。本当に受験番号があった」

「まささんの学力で受かるわけないじゃない」

僕は混乱した。当然「おめでとう」の声を聞けるものだと思っていた。「頑張ったね」とねぎらってくれると思っていた。

元々、理解できないことを平気で口にする母である。僕はさらにわけがわからなくなった。

「もう1回見て。それからまた電話しなさい」

母はそう言う。僕には返す言葉がなかった。

僕はガチャリと受話器を置き、とぼとぼと掲示板に戻り番号を確かめた。

掲示板を何度見ても間違いはない。

それでもと思って、守衛さんに確認してもらった。

守衛さんは「おめでとうございます」と言ってくれた。絶対に間違いはない。

僕は公衆電話ボックスに戻り、また母に電話をした。だが、母の態度に変化はなかった。

「嘘を言うのはやめなさい」

そう言われたとき、激しい衝動が僕の中で起きた。

親を見返すために大学合格を目指していたが、大学に合格したぐらいで認めてくれるような親ではなかったのだ。

そのときだ。親を殺してやりたいと、本気で思った。これからというもの、僕は両親への殺意を抱えながら生きていくことになる。

親を敵だと思っていても、心のどこかで認めてほしいという強い思いがあった。両親への愛の渇きがあった。それが見事に打ち砕かれた。

しかし、どのように努力を重ねても、親からの評価が変わることはないのだ。

どうしようもない。

だから、もう殺すしかないと思った。

それまでみなぎっていた受験へのエネルギーが、一瞬で消え去った。すべてに対して情熱もなくなった。親への殺意以外は。

その日以来僕は勉強を放りだした。医学部ももちろん不合格となった。

T大学薬学部のキャンパスは神奈川にあった。両親がこの校舎を見たいと言うので、皆で車で出かけた。おばあちゃんも誘って4人だった。

3人は校舎の前で写真を撮ったが、僕は入らなかった。とてもそんな気にならなかった。

T大学薬学部に入学はしたものの、僕はまったく授業に出なかった。すでに何の情熱も気力も消え失せていたのだ。

アパートに閉じこもって、ゲームばかりしていた。そして、かつてと同じように、再び無意味な年月を重ねることになった。引きこもりから突然猛勉強に入って、また引きこもりに戻った。

僕は2回留年し、薬学部1年生を3回送ることになった。まったく不毛な3年間である。不毛どころか、親への殺意を醸成するような、悪魔のような3年間だった。

21歳から大学に入り、3年間を無意味に過ごし、僕は23歳になった。大学は8年で卒業できなければ退学することになっており、僕にはこの先無事に卒業できる見込みがほとんどなくなってしまった。大学側にもそれがわかっているようで、経済学部への転部を勧めてきた。ほかの学部に移れば、8年の縛りがなくなるからだ。

そして親は、卒業への望みをつなぐため、経済学部への転部を申請し、引き続き大学に授業料を支払った。

その少し前に、父は千葉市の別宅を引き払って、東京都港《みなと》区白金台《しろかねだい》に新しい別宅を買っていた。東京生まれ東京育ちの母が、港区白金台にこだわりを持っていたようだ。シロガネーゼという言葉も流行っていた。

この白金の別宅に住んで、僕は経済学部2年生になって通学した。

経済学の勉強は、パズルのようで面白かった。ろくに学校には行かなかったが、フル単位を取って3年生に進級できた。さらに進級できて4年生に上がった。

経済学とは数学のようなものだ。複雑な方程式を理解し、データを分析することができれば、探すべき解答が見えてくる。

閉じこもっていた3年間とは異なり、友達もでき、アルバイトもやるようになった。夜遊びやゲームにものめりこんでいた。

しかし、4年生になってからは勉強が馬鹿らしく思え、まったく学校に行かなくなった。試験も受けなかった。

そんな生活が災いし、3年目になって生活が苦しくなってきた。遊びに夢中になりすぎたのだ。

僕は学生ローンに手を出すようになった。学生証さえあれば借りることのできるローンで、たちまちキャッシング枠いっぱいになってしまった。

当初は金利だけを払っていたが、やがて金利さえも払えなくなり、親に通報された。大学に通っていなかったものだから、卒業は絶望的になってしまっており、これも親にバレた。

父は白金の別宅を引き払い、僕は強制的に千葉の実家に戻された。2000（平成12）年2月のことだ。大学も休学扱いとなった。

父からはずいぶん怒られた。

「養ってやっているんだからな」

そういう父の態度が鼻についた。

母は何も言わない。本当にわけのわからない人だった。それでも態度には出る。テレビで工藤静香の歌番組を見ていると、何も言わずにチャンネルを切り替えるのだった。

存在から全否定され、僕は次第に錯乱していった。

親からも監視され小遣いもない。親を見返してやるという目標ももうない。

僕に残されているのは、親を殺して自分も死ぬということだけであった。

決行日を決めた。

２０００年３月のとある日。翌日は僕の誕生日。27歳の誕生日の前日に親を殺して自分も死ぬ計画であった。

その日は次第に近づいてきた。

僕は正気と狂気の境にいた。

やがて狂気のほうが強くなっていく。

極度の不眠症に陥り、ほとんど眠れなくなった。正常な判断力がなくなっていった。親を殺すこと、それだけを考えていた。

妄想がひどくなった僕は、次第にぶつぶつと一人でしゃべりだすようになっていた。死にたい死にたいと毎日こぼすようになった。母がそれを聞いて、私も一緒に死ぬと言った。今から思えば母の愛情だったのだろう。だが、このときはそんなことをまったく思わなかった。死にたいのであれば殺してやろうとさえ思った。むしろ殺していいんだと、免罪符を得たような気持ちだった。


一人で外をうろつき始めるようになった。外を歩き回って喉が渇くと飲食店に入った。

「修行中のものです。水を飲ませてください」

そう言って、水をもらった。お店の人も気味が悪かったことだろう。うろつき回るついでに、父の実家へ行ってみようと思った。ずいぶん距離があって、歩いて7時間もかかった。

実家に着くと水を所望して、ぶつぶつと一人でしゃべった。

さすがに実家の人もおかしいと思ったのだろう、父に電話をかけたようだ。長居をせずすぐに立ち去ったが、30分ほど歩いていると父の車に出会った。どうやら心配で迎えに来たらしかった。

計画決行の前日になった。

僕はナイフを用意し、夜になってから家を忍び出た。

まず向かったのは父が寄進している寺。その寺へ行って鐘をガンガンと鳴らした。そのうちに日付が変わった。

僕は階段を下りて街へ戻った。ぶつぶつ呟きながら、僕は街をさまよった。

やがて駅前の広場に出た。

駅前によく見かける右翼の宣伝カーがあった。緑っぽい迷彩色でスピーカーもついている。

これは都合がいい、僕は片頬で笑った。

この宣伝カーで大音量の音楽をかけ、スピーカーで大声を上げながら家へと向かおう。親の悪事を大声で暴露し、殺してしまおう。

宣伝カーには二人の男が乗っていた。

ナイフを見せながらドアをたたいた。

「これから親を殺しに行くから乗せてくれ」

右翼の二人はひどく驚いていた。

「親を殺して自分も死ぬんだ」

僕はナイフを弄んだ。

その途端、警察官が数人寄ってきて、僕を取り押さえナイフを蹴飛ばした。そのまま止めてあったバンに僕を押しこんだ。どうやら覆面パトカーだった。

荒らされた寺の住職が警察に訴えていたのかもしれない。

それでなくても僕は、警察署から不審者としてマークされていたようだ。いい若者が、何もせずに昼から近所をうろついているのだ。気味悪がられ警察に連絡した者もいたに違いない。

取り調べに対し僕は「今は修行中なんだ」「俺はただ死にたいだけなんだ」とわけのわからないことを言った。

「オウム真理教の犯人を探してきてやろう。同じ修行中の身だからわかるんだ」

でも、さすがに親を殺す計画を立てているとは言わなかった。

取調官とは会話が成立しなかった。

何しろ何日間も寝ていない。

完全に錯乱している。

警察署ではお手上げとなって、その日のうちに僕は病院に行くことになった。

精神科医からの問診を受けた。同じようなことを僕は言い続けた。

親のことも話した。父は金がすべてである。母は自分を宮崎勤に似ていると言う。

「僕は生まれてきた意味がわからない」

「このまま死んでしまいたい」

医師は僕を、強度の自殺願望があると診断したようだ。

精神障害の日々

父は警察署にも来て、翌日病院にも来た。翌日は母と二人であった。

チョコレートケーキを持ってきてくれた。僕の誕生日だからである。重病人ということで、生食は禁じられていたが、父は誕生日で特別だからと病院を説得し、病室まで持ってくることができたらしい。

僕は食べることを拒んだ。そして死にたいとわめいた。

父は泣いていた。

涙をこぼしながら「長男が自殺をしたがり、次男は次男で俺のことを何と思っているのか」と涙をこぼしていた。

弟はすでに結婚し家庭を持っていたが、重い病気になり危篤状態になったことがある。そのとき自分の妻に「残っているお金を親父に渡してほしい。そうすれば許してくれるだろう。親父は金がすべてだから」と言ったという。

弟が何を許してほしかったのかよくわからない。十代のころに荒れて、家に寄りつかなくなっていた。金の亡者であった父に嫌気がさしたのではないか。父もそれを感じ取り、後悔していたのかもしれない。

「金じゃないんだよ、本当に金じゃないんだ」

父は泣いていた。

郵便はがき

料金受取人払郵便

新宿局承認

3971

差出有効期間
2022年7月
31日まで
（切手不要）

1 6 0-8 7 9 1

141

東京都新宿区新宿1－10－1

(株)文芸社

愛読者カード係 行

お名前《ふりがな》		明治 大正 昭和 平成 年生 歳
ご住所《ふりがな》	□□□-□□□□	性別 男・女
お電話番号	（書籍ご注文の際に必要です）	ご職業
E-mail		
ご購読雑誌（複数可）		ご購読新聞 新聞

最近読んでおもしろかった本や今後、とりあげてほしいテーマをお教えください。

ご自分の研究成果や経験、お考え等を出版してみたいというお気持ちはありますか。

ある　ない　内容・テーマ（　　　）

現在完成した作品をお持ちですか。

ある　ない　ジャンル・原稿量（　　　）

書　名				
お買上 書　店	都道 府県	市区 郡	書店名 ご購入日	書店 年　月　日

本書をどこでお知りになりましたか?
1.書店店頭　2.知人にすすめられて　3.インターネット(サイト名　　)
4.DMハガキ　5.広告、記事を見て(新聞、雑誌名　　)

上の質問に関連して、ご購入の決め手となったのは?
1.タイトル　2.著者　3.内容　4.カバーデザイン　5.帯
その他ご自由にお書きください。
(　　)

本書についてのご意見、ご感想をお聞かせください。
①内容について

②カバー、タイトル、帯について

弊社Webサイトからもご意見、ご感想をお寄せいただけます。

ご協力ありがとうございました。
※お寄せいただいたご意見、ご感想は新聞広告等で匿名にて使わせていただくことがあります。
※お客様の個人情報は、小社からの連絡のみに使用します。社外に提供することは一切ありません。

■書籍のご注文は、お近くの書店または、ブックサービス(0120-29-9625)、セブンネットショッピング(http://7net.omni7.jp/)にお申し込み下さい。

母は何もしゃべろうとしなかった。

両親が帰ってから僕は暴れた。取り押さえられて、独房に入れられた。患者が異常に興奮するからという理由で、両親との面会は禁止された。

僕はモルヒネを打たれ3日間昏睡《こんすい》状態になった。それからというもの、毎日60錠もの薬を投与された。重い統合失調症という診断であった。

毎朝、看護師に起こされ20錠の薬を飲まされる。それが効果なのか副作用なのか、そのまま倒れるように寝てしまう。

昼に起こされて、また20錠を飲んで倒れるように眠りこむ。夕方もこの繰り返しだった。

最初は手足を拘束されていたが、やがてそれも解けた。だが、独房からはしばらく出ることができなかった。

ふらふらしてまともに歩けない。手も自由がきかない。まともにしゃべることもできなかった。

部屋の壁や天井だけを見ているような毎日だった。

一カ月もするとだんだん状況がわかってくる。こんなところにいてたまるものかと、看護師を払いのけ、ドアから飛びだしたことがある。しかし飛びだした先にも、鍵のかかったドアがあって、僕はすぐに取り押さえられた。

こんな生活が3カ月間も続いた。それからもう少し開放的な別の部屋に移された。時々部屋から外に出ることもできるようになった。外に出て、公衆電話からタクシーを呼ぼうとしたが、それもできなかった。

やがて大部屋に移されて、父や母も面会に来ることが許された。

「この患者はとても重症です。統合失調症で、一生治りません」

医者はそう宣言した。

「今は薬を大量に飲んでいておとなしくしていますが、薬の副作用が出てくるでしょう。息子さんは、将来、後遺症が残るでしょう」

10カ月して、僕は病院から解放された。2001年1月のことだ。治ったわけではない。父が無理に頼みこんで、自宅療養に切り替えてもらったのである。その代わり、一週間に一度の通院が必要とされた。それまでほとんど動いていなかったから通院はつらかった。車で通院し、待合室では寝転びながら待っていた。

自宅に戻っても、親との同居はさすがに精神上良くないのだろうと両親は考え、隣のおばあちゃんの家に住むことになった。

再び、おばあちゃんと一緒に暮らすことになったのである。

嬉《うれ》しいことに違いないが、僕の精神はすでにボロボロであった。


病院から抜けだすことができたのは、前進だった。

毎日ぼんやりと過ごし、親を殺すなどという狂気めいたことも考えないようになった。

社会復帰をするために病院のデイケアにも通った。

みんなと歌を歌ったり、料理をしたり、体を動かしたりした。

老人ホームのデイケアとほとんど一緒だが、こちらは院内の施設で、相手は精神障害者である。

これもつまらなくて、間もなくやめてしまった。


退院した翌年、2002年に母が亡くなった。

10月22日、乳がんであった。56歳だった。

僕が入院して間もなく、母から「私は末期の、乳がんなのよ」とは言われていた。

僕が退院したころには、がんも進行していて、東京築地のがんセンターに通院していた。

父がいつもベンツに乗せて連れていくのだった。

たまに僕も乗って、3人で築地へ行った。

「家に閉じこもってばかりいては、体にも良くないだろう」

父が誘ってくれたのである。

病院の帰りは、3人で食事をしていた。


母が死んで、葬式があった。葬式のときは、父も弟も泣いていた。

おばあちゃんも葬式に出た。すでにおばあちゃんは足が悪く、体の具合も完全ではない。

それでも気丈に振る舞っていた。

僕はと言えば、薬の副作用で寝てばかりいた。読経の最中にいびきをかいて寝ていた。


その後、父が僕の身を案じて、著名な精神科医院へ連れていった。

画像診断を得意とし、スキャンした写真で治療方法をさぐるらしい。

新宿にある小さなクリニックで、医者にサジを投げられた多くの患者が集まっていた。

「混合型の精神疾患です」

医師は診断した。

「時間がかかりますが、これは治りますよ」

僕はあまり感情を持たなかったが、たぶん父は喜んでいたと思う。

しかし残念なことに、その精神科医は間もなく亡くなってしまった。

ずいぶんな老人で、もう90歳ぐらいではなかったろうか。

父の再婚

父の再婚は、母が亡くなってから3年後のことである。

母が父と離婚しなかったのは、子供がいたからであろう。

それでも父からしてみれば、3年も待ったということかもしれない。

結婚相手は結婚相談所から紹介された女性だった。

長く続けていた浮気の相手の女性とは別の人のようだった。

父の年収は3千万円くらいである。プロフィールにそう書けば、いくらでも相手はいたことだろう。

再婚相手は、10歳年下の酒屋の娘さんであった。ずいぶん借金を重ねており、その借金も父が払うことになった。

再婚してから、自宅の2階は新婚向けにリフォームされた。

僕の居場所はいよいよなくなった。

父からは、いつまでもお前の面倒を見ているわけにはいかないとも言われた。

これもあって、僕は1回目のアルバイトを開始することになる。


ついでだから、父の再婚のその後の話も記しておく。

父の再婚生活は、3年しか続かなかった。相手の女性が膠原《こうげん》病になったのである。

父は彼女をあっさりと見捨てた。3千万円の手切れ金を渡したと言っていた。

2年ほどして、また父は結婚をした。今度は13歳年下で、これも結婚相談所からの紹介だった。

相手は初婚ではない。娘がいて、弁護士を目指して勉強中だった。父はその面倒も見ていたようだ。

しかし、2年で死別してしまう。

父はすぐさま4回目の結婚をした。

今度も13歳下の、東京の人だった。

やがて父は2019（令和元年）年5月になって、動物病院の営業権を人に渡し、東京に移り住んだ。悠々自適な老後を送りたいと言っていた。

今は、都内で、父と義理の母の二世帯住宅で暮らしている。

夫婦でも別々に暮らしたいという相手の女性の希望から、そうしているのだという。

よくわからない夫婦関係だ。


前述のとおり、2004（平成16）年に僕はアルバイトに出た。

その少し前に、近所に介護の資格の取れる教室があるのを知って、受講していた。

介護の現場は常に人手不足で、働こうと思えばいくらでも需要があった。

そこで、近くの介護施設に登録し、働きに出ることにしたのである。

介護といっても、人に接するような、例えば老人の世話をするようなことはできない。

留守にされた施設の部屋に入って、掃除をしたり洗濯したりするのが、僕に与えられた仕事だった。

1日8時間週5日間の仕事。十分につらかった。

毎日頭痛に襲われ、バファリンを飲みながら仕事をしていた。

結局半年しか続かなかった。

リハビリがてらに半年続いたのはいいほうだったかもしれない。


それから4年後、僕はまた仕事にチャレンジした。

今度は人に接する仕事だった。

昼2時間、夜2時間の計4時間。これを週3回。

食事の介護をして、掃除から洗濯までずいぶんとこまごまとやった。

これもきつくて、半年でやめた。

利用者と意思疎通が取れないのである。他人とのコミュニケーションはいつまでたっても苦手だった。

心理学教室

母が死んでから、おばあちゃんは鎌倉《かまくら》へ引っ越してしまっていた。鎌倉に伯父が住んでいるからだ。

おばあちゃんが鎌倉で住んだ家は、それまでおばあちゃんが住んでいた家を父が買い取り、そのお金で建てた家だった。

ところがあるとき、その家の名義が、伯父になっていたことがわかった。

父もおばあちゃんも、伯父に騙《だま》されていたのである。

もともと伯父はそういう人だったらしい。

おばあちゃんと伯父が揉《も》めるようになると、父は「そんなんだったらこちらに戻ればいい」と言い、再びおばあちゃんは僕と暮らすことになったのだ。

だが、もうずいぶんな年齢で体の自由がきかない。だから介護の人が来てくれるようになっていた。不必要に広い家だから、とても掃除が行き届かない。1日4時間、週5回。この介護士さんは10年ほど働いてくれた。

この最愛のおばあちゃんは、2012（平成24）年4月19日に亡くなった。前から認知症を患って、日常会話も危なくなっていた。もう歳だからしかたがない。1920（大正9）年生まれ、もう90歳を超えていた。

肺炎で入院して間もなく死んでしまった。

僕は何度もお見舞いに行った。

ひどい認知症なのに、僕が行けば微笑んでくれた。覚えてくれているのだ。最後まで毅然《きぜん》としていた。校長先生の奥さんなのである。

2012（平成24）年3月から、僕は心理学教室に通っていた。

自分は何のために生まれてきたのか。

何でここに存在しているのか。

自分には、何の価値があるのか。

何の可能性があるのか。

母はどういう人だったのか。

父とは、どう接していけばいいのか。

絶対の理解者であったおばあちゃんも亡くなった……。

僕にはわからないことが多すぎた。

そんなモヤモヤを抱えたままで生きていくのが、とてもつらくなった。

自分の生き方や悩みを聞いてくれるところ、自分の心を分析できるところが欲しかった。

それが心理学教室ではないかと、僕は考えたのである。


友達もいないし、恩師とも離れている。僕は話し相手が欲しかった。

通信制のスクールも調べた。しかし、ガイダンスを受けたもののピンとこなかった。だから通学制のところを選んだのである。

千葉から片道1時間半ほどで通うことができた。

30人程度のクラスで、ずいぶんいろいろな人がいた。普通の勤め人もいる。ヘルパーや教職の人もいた。

講義が始まると、その内容がとても興味深かった。

大学で教えてくれるような学問ではなく、日常のありふれた行動を分析し、その背景にある心理を解き明かしてくれる。

こんなところがたまらなく面白かった。

28講座があって、ほぼ1年で修了する。僕はここを終えて、カウンセラーの資格も取ることができた。


個人セッションのカウンセリングが始まったのは、4月からのことである。

2時間で1万円だった。これは受講生の特典で、一般の人だとこの倍はする。

担当の先生が加藤木先生という女性。僕とほとんど同年輩であった。

僕は加藤木先生に、自分の人生のことや親のことなどをいろいろ話した。いくらでも話すことがあった。話すことで、わだかまりがどんどん解けていくのがわかった。

「入院してから父は、毎日お見舞いに来てくれました」

僕は入院中のときのことも話した。

「あなたはお父さんに愛されていますね」

加藤木先生は言ってくれた。

そうなのかもしれない、と僕は素直に思えるようになった。

親のことを散々悪く言った家庭教師の恩師とは、まったく違う接し方だった。でもそれを、素直に飲みこめるようになった。

それからは父のことをもっと知りたい、母のこともっと知りたいとも思えるようになっていった。

加藤木先生に母から来た手紙を見せた。おじいちゃんの墓参りをしたときの母のはがきだった。


先日、お墓参りに皆で行けてとても嬉しく思いました。

小さいころから、おじいちゃんにかわいがられ、もちろん、おばあちゃんにも父や母、弟という家族の中で、とても愛され続けている人だから、一緒にいると安定して暖かい心が生まれます。

離れて住んでいても、家族の一員だから、できるだけ、ふれあって、話し合って、時にはレクリエーション（からおけ等）にも行きたいなと思います。

子供たちが小さいころは、仕事して、皆にできるだけ楽な生活をさせてあげたいと思って頑張ってきました。そのぶん、ふれあいが少ないときもあったかもしれません。

でも、お父さんはよく遊園地やスケート等に連れていってくれたし、車で旅行にも行きました。いっぱい思い出があります。

いつまでたっても、いつでも家族だから、一人にならないで一緒に歩きましょう。何でも話し合えるように整えて待っています。


これを見て、加藤木先生は感激した。

「すばらしいお母さんではありませんか」

先生は力説した。

そう言われて、僕は初めて、母の愛情がわかったような気がした。理解できないと思っていた母を理解できるようになった。

僕は号泣した。

母は、「一人にならないで一緒に歩きましょう」と言ってくれていたんだ。

僕は母の愛情に完全に包まれていたのだ。
何でこれに気がつかなかったのだろう。
今までの僕にはわからなかった。
理解できていなかった。
理解できないまま、ムダに人生を送ってきてしまった。
そのうちに母は亡くなってしまった……。

なんで僕は、母を理解できなかったんだろう。
会話じゃない。僕は会話を求めすぎていた。
母には、眼差しがあった。誰よりも優しい眼差しがあった。
いつも僕を見つめている眼差しがあった。
それを気がつくことができなかった。
僕は目を合わすことを拒んでいた。
言葉じゃなかったんだ……。
会話によるコミュニケーションを母は苦手としていた。

だから、獣医になったのかもしれない。

僕も人とのコミュニケーションがひどく苦手だ。

これは母に似ているのかもしれない。

父の気持ちもわかるようになっていった。

父は金の亡者ではない。家族にお金の心配をさせないために、仕事に打ちこんできたんだ。

そう思えるようになっていった。


これはずいぶん後のこと、２０２１（令和３）年の正月に、父にお年玉をあげた。手渡したわけではない、現金書留で送った。コロナ禍の真っ最中であった。

父からＬＩＮＥが来て「涙が出るほど嬉しい」と言ってくれた。

親子の愛は、こんなにも強いものなのだとしみじみとわかった。

「クラッシュ」との衝撃の出会い

加藤木先生は、数少ない打ち解けることのできる人であった。おばあちゃんから始まって、恩師、そして加藤木先生である。

さらに僕は、4人目の先生と衝撃的な出会いをすることになる。

2012(平成24)年の8月、慕っていた加藤木先生が転勤で教室を離れることになった。その最後のセッションに、米国フロリダで行われるメンタルトレーニングセミナーを受けないかと打診された。世界的な心理学の先生であるジムレーヤー博士による講義だった。

ジムレーヤー博士は、メンタルトレーニングシステムを開発・実践したことで名高いスポーツ心理学の権威だ。世界中のトップアスリートたちに大きな影響を与え、メンタルトレーニングの書籍も出している。

このメンタルトレーニングセミナーに同行し、後任となるのが高溝先生だった。

「どうですか、高溝先生からその事前説明がありますから一緒に聞きに行きませんか。無料ですし」

海外へ行く気もないし、メンタルトレーニングにもさほど興味はなかった。

ところが僕は、高溝先生の講義にすさまじい衝撃を受けてしまった。

教室では「クラッシュ」の講義の最中であった。

クラッシュとは前後のことを考えることなく、目の前のことに集中しすぎる状況のことだ。このような傾向の人間は休息することを知らない。ただがむしゃらに、どちらかの方向に突っ走って、疲れ果てるまで突き進み、そこで倒れこんでしまう。そして、しばらく休んだら、またいずれかの方向に突っ走る。

これはまさに、僕自身のことだった。

僕は休息するということを知らなかった。突かれるようなエネルギーに駆られて猪突猛進し、ある日突然、弾け飛んでしまう。僕に圧倒的に欠けていたものは休息であった。

僕には戦略的な休息が決定的に欠けていた。

あまりの感動に僕は、メンタルトレーニングセミナーへの参加をその場で決めてしまった。もちろん、高溝先生の個人セッションも申し込んだ。

高溝先生は「やりすぎは良くありません」と、僕に諭してくれた。やりすぎないようにすること。これに気をつけるために、僕は一つの原点を自身に持つことに決めた。それがあの「お寺の鐘」だ。

あのとき僕は、真っ暗闇の中で思い切り鐘をついた。まさに人生のどん底。救いようのないほどの狂気の沙汰であった。二度とあんなことがあってはならない。決して同じことを繰り返すまいと、あの夜の衝動を、自分の原点としてきちんと刻むようにと決心したのだ。

それを諭してくれたのが高溝先生であった。高溝先生も僕と同年輩。まだ独身の女性の先生であった。

先生自身もやりすぎの傾向が強く、校舎のビルで倒れてしまい、同僚に抱きかかえられたことがあると言っていた。

ダイエット

２０１４（平成26）年、僕には３つの大きな出来事があった。

ダイエットとアルバイトと婚活の開始だ。


まずはダイエットから。

この年の正月三が日、僕は一人暮らしをしている離れから、母屋へ仏壇に手を合わせに行った。するとと父が言う。

「お前、太ったな。顔がむくんでいる」

よけいなことを言う親父だと癪に障って、聞き流した。

２日目も言う。

「お前、二重顎になっているぞ。大丈夫か」

癪に障ったが、さすがに少し気になった。

３日目も言われた。

「不健康な生活ばかりしているからじゃないか。顔色が悪い。鏡を見てみろ」

さすがに腹が立ってきたが、確かに鏡を見ると太っている。むくんでいるし、二重顎になっている。生活も不健康には違いない。

それまでもダイエットを自己流にやってきたが、成功したためしがない。炭水化物抜きのダイエット、バナナダイエット、りんごダイエット……。どれも続かないばかりか、リバウンドしてかえって太ってしまった。

僕はきっと自己流では効果を期待できないと考えていた。

そんなとき、父に対して「見返してやりたい」という気持ちがまたムラムラと湧いてきた。

そこで、ネットで発見したのが、東京飯田橋《いいだばし》にある「メディケアダイエット」だった。

「太る原因は食事にある。その食事はストレスが原因」という説明文があって、説得力を感じた。「太らない体質は食事が作る」「メディケアダイエットは我慢させません」というのも心に響いた。

すぐに訪問したが、それほど大きな施設ではなかった。商売の手を広げているところはうさんくさいので、そんなところにも安心した。

初回のセッションを受けると、ここは薬剤師、栄養士、心理士の3人がチームとなって指導してくれるという。代表の岡田先生は薬剤師で、「朝・昼・晩きちんと食べ、12時前には床に就き、8時間は睡眠を取る。ストレスを溜めないようにお酒を飲みたいときは飲む」という理論にも納得した。確かに我慢はストレスになるし、ストレスは過食につながる。これではリバウンドを避けられない。

体を計測し、個人に適したプログラムを作成し、毎日チェックシートを付ける。2週間に1回通い、面接を受ける。3カ月がワンクールとなっており、これで効果が出なければ、受講料を全額払い戻す、あるいはさらに3カ月延長できるというシステムだった。

我慢することはいけないので、間食してもいいし、ケーキを食べてもいい。ただ、食事に対して興味を持つように指導された。ダイエットは食事が9割、運動が1割だと教えられた。

食品のカロリー表を見せられ、僕もずいぶん勉強した。

栄養士の先生に教えられた中に、いくつか興味深いことがあった。

例えば、カフェラテはカロリーが高い。コーヒー自体は低カロリーだが、ミルクが高カロリーなのである。

炭水化物もカロリーが高い。生姜焼きもカロリーが高い。肉はそうでもないが、油が高カロリーなのだ。同じような意味で、カツ丼もカツカレーも危ない。

グループカウンセリングにも参加した。５人程度で、疑問や体験談を語るのだ。

僕はすぐに効果が出てきた。３カ月で13キロもダウンでき、これはスタッフも驚いて、「体験談を書いてください」と頼まれたほどである。

それまでその会社は、ホームページはあったものの体験談のコーナーはなく、僕は第一号の成功事例となって発表された。

その全文が以下である。

３カ月間で13キロ減！　彼女もできた

平野さん（44歳・千葉県在住）

一人で悩んでいたころは、自己流のダイエットをしていましたが、リバウンドばかりでしたね。

両親から顔色の悪さを指摘されて、本気でダイエットに取り組みたいと考え、メディケアダイエットを開始したのが2014年1月。プログラムを組んでもらい、3カ月間で、84キロが71キロと、約13キロ（身長170センチ）の減量に成功しました。

プログラム終了後も順調に減量し、現在、体重は62キロと標準体重を維持しています。これは、意識しなくてもメディケアのプログラムができるようになったことと、落ち着いたら始めるといいとアドバイスされた運動が長続きしているおかげだと思います。

今は、彼女もできて結婚の準備中。これも、メディケアダイエットで「やせ方」だけではなく、「生き方」も学べたおかげだと感謝しています。

その後、まったくリバウンドはない。僕の体重は60キロ（身長170センチ）にまで落ちて、これがベストだと思っている。

ダイエットの特集本から取材を受けたこともある。1時間も話をしたのだが、掲載されたのはほんの一部だった。

それでも僕のダイエットの先生は感激して「今度2号店を出すときは平野さん、店長をしてくれませんか」とまで称賛された。

もっとも、まだその計画はないらしい。

次がアルバイト。

心理学の個人セッションを受けた効果の一つが、働こうという明確な意欲が出てきたことである。

これまで就いた介護の仕事は、苦痛ばかりで長続きしなかった。

しかし今なら気分はいいいし、体力も戻っている。視野を広げるため、日勤のアルバイトでもできるのではないかと思った。

そこで始めたのがラーメン屋の店員。近所の味噌《みそ》ラーメン屋であった。ラーメンを選んだ理由は特にない。たまたま募集の貼り紙を見たからに過ぎない。

２０１４（平成26）年1月から始めて一年ほど続けることができた。

これはちょっとした自信になった。

ただ、通院していた精神科医からは暴挙だと言われた。

高溝先生からは「あまり無理をしないレベルで」というアドバイスであった。

婚活への挑戦

そして3つ目、婚活。

婚活を始めたのは2014（平成26）年6月からのことである。

これも高溝先生からのアドバイスを得て開始したものである。

僕はすでに精神的には安定していた。

一人暮らしだったので僕は寂しさをよく感じることがあった。

僕はいつだって家族愛に飢えていた。親とのだんらんを知らない。家族での笑い声や温もりや愛情を知らずに育った。

僕は楽しさや悲しさを分かち合ってくれる家族が欲しいと思っていた。

子供も欲しかった。血を分けた子供でなくてもいい。本当に家族が欲しかったのである。

もう41歳だった。

意を決して、千葉市にある婚活センターに申し込むことにした。

プロフィールには父の動物病院勤務、年収480万円の源泉徴収票を提出した。父の考えで、僕はそのような雇用になっていたのである。これに独身証明書があれば、婚活センターは喜んで会員登録させてくれる。

初回の支払いでは、年会費のほか登録料なども含めて、トータルで30万円ほどになった。システムとしては自由検索制とアドバイザー制の2種類があった。

自由検索制ではお見合いしたい相手を自由に検索し、自分からアプローチしてお見合いまでこぎつける制度である。

アドバイザー制では、経験豊富なアドバイザーがこれはと思う相手を1カ月に5人紹介してくれる。

自由検索制では、お見合いまで持っていくこと自体がなかなか難しいということで、僕はアドバイザー制度を採ることにした。アドバイザーにはお見合いが成立した段階で1万円を支払うのである。

僕についたアドバイザーは男性の人で、なかなかのやり手であった。

写真はスマホの自撮りではなく、スタジオでプロのカメラマンに撮ってもらったほうがいい。服装はジャケットがいいなど、いろいろ教わった。プロフィールの書き方も教わり、親切に添削までしてくれた。

7月になるとお見合い相手の紹介があり、1回目のお見合いが整えられた。1歳年下で初婚であった。

男性はともすれば若い女性を選びたがるが、それでは見合いの成立は難しい。自分と同じか前後の年齢の人とが相性がいいということであった。

センター近くの喫茶店で会った。

印象の薄い、無口な女性であった。僕も無口なのでほとんど会話が成立しなかった。30分ぐらいで切りあげるようアドバイスをもらっていたので、早めに切りあげることにした。

緊張していたこともあって、ほとんど記憶にない。ただひどく疲れた。

すぐにアドバイザーを通して断りの連絡が来た。

こんなふうにして10人ほど紹介してもらっただろうか。1人を除いて全員が初婚だった。やはり皆が同年代だった。

すでに仕事もダイエットもしていたころなので、それに加えて婚活をするのはとてもきつかった。

そもそも恋愛経験ゼロなのである。

1年を経て2015（平成27）年に2年目の更新を終え、7月になってアドバイザーから1人の女性を紹介された。

会ってみると、さほど美人でもないし好みでもない。配送関係での派遣の仕事をしていると言っていた。

ただ別れてからアドバイザーからすぐに連絡があって「とても気に入ったという。連絡先を受け取ってくれないか」と言われたのである。

「女性の方からこんなに積極的になることは珍しいことですよ」

結婚したい気持ちが大きかったから、僕はすぐに乗り気になった。

半年ほど付き合って結婚話がまとまってきた。

破局

プロポーズをしてOKももらった。婚約が決まり、センターを退会した。皆に「おめでとう」と祝福もされた。センターでは体験記まで書いた。広告用の体験談である。このセンターがどれほど有用かを書いて発表した。続けることで、いろいろな人との出会いがあり、パートナーは必ず見つかるということを書いた。

この様子を僕は、心理学教室の高溝先生にも伝えた。

高溝先生には、付き合い始めた恋人のことをよく相談していたのだ。

先生は、二人の進展を歓迎してくれた。興味深く聞いてもくれた。

プロポーズに成功した次のセッション時に、高溝先生はひまわりの花束を僕にくれた。

「二人が幸せになれますように」と言って、手渡してくれた。

「ありがとうございます。『ひまわり』はうちの父の会社の名前です」

僕は受け取りながら答えた。

「あら、それは良かったわ」

「ひまわり平野動物病院という名前なんです」

ひまわりの４つの文字は、家族それぞれからとった文字だった。そう告げると、先生は喜んだ。

「それはとてもすてきだわ。ひまわりの花言葉は『家族だんらん』なのよ」と、教えてくれた。

僕もとても嬉しくなった。

近い将来に持てるであろう、家族のことが頭に浮かんだ。


僕は舞いあがっていた。

二人のドライブのために僕は車を買うことにした。

トヨタのアクアだ。

２５０万円もの出費だった。その支払いにあとから大変な思いもするが、僕はやる気満々だった。

その後も僕は、千葉と東京をこの車で何度往復したことだろう。

頼りになる相棒だ。

２０１７（平成29）年11月に彼女の家の近くに引っ越しをした。２ＤＫのアパートを借りたのである。

12月には彼女の両親とも会った。

年が明けて２０１８（平成30）年2月から一緒に暮らす予定だった。

ところがその2月、僕らはあっさりと別れた。

彼女がやって来た日の夜、僕がまったく役に立たなかったのである。何しろひどく疲れていた。そうしたら、彼女は本気で怒りだして、出ていったまま帰ってこなかったのだ。

事態がよく理解できなかった。しばらくボーッとしたが、どうしようもなかった。

今でもよくわからない。

ここでいつものように地に落ちたら、今までの学習がまったくムダになる。

高溝先生から教わったように、自分を追い詰めてはいけない。積極的に休むこと。無理をしないこと。

そう考えることで、僕はどうにか神経の揺さぶりを抑えることができた。

だが、もう帰る家もない。とても実家には帰れない。

父には結婚する予定だと告げていた。別れたとも言えず、僕はアパートでしばらく暮らすことになった。

やがて、障害者用の施設に清掃の仕事を見つけ、3カ月ほどアパートから施設まで毎日の仕事に出ることになった。週4回のパートであった。

パーラーオレンジ先生

これまで僕は、師とする人との出会いによって、大きな転換期を迎えてきた。

まずは恩師であり、次には心理学教室の加藤木先生と高溝先生だ。

そして2017（平成29）年7月、最大ともいえる先生と出会うことになった。僕は神ではないかとさえ思っているのだ。

それが「パーラーオレンジ先生」だ。

変な名前である。まるで喫茶店の店主だ。

ところが、本当に喫茶店の店主なのであった。

神技と呼んでもいいほど高い的中率の占い師であり、ボディビルダーであり、K1の元ファイターである。こんなふうに説明しても、わけがわからないかもしれない。

雑誌にもよく載っているようで、あとで実際に記事を見せてもらった。


パーラーオレンジ先生はゴッドファーザー（父）からの紹介であった。

父は息子である僕のことを案じて、よく動物病院に来る患者さんにこぼしていたらしい。そうしたら、ものすごくよく当たる占いの先生が東京荒川区《あらかわく》三ノ輪《みのわ》にいるということを聞きつけたのだ。

あまりに評判で、なかなか予約が取れず、1年も待たされるのだという。

これなら本当かもしれないと、父は予約電話を入れた。

そして本当に1年待つことになった。


さらに、実際に行くことになって驚いた。場所は、古い、普通の、小さな喫茶店なのである。

三ノ輪のイトーヨーカドーの真ん前にあるからわかりやすい。お店の前には食品のサンプルが飾られている。

数人しか入れないような喫茶店で、奥さんが店をやって、親父さんが奥のほうで占いをしていた。

占い料はとらない。その代わり店で食事をしてほしいという。

生姜焼きがコーヒー付きで900円、サンドイッチが800円だ。ファストフードと比べれば高いが、定食屋と比べればさほどでもない。

だが、パーラーオレンジ先生は、十分に威厳がある。もう60代だが、まだバリバリのボディビルダーだ。愛嬌《あいきょう》のある笑顔で、神のように真実を口にする。

父はそこで、

「息子がうつ病で社会復帰できずに困っています」

と相談した。このときはいろいろ聞いたが、

「オタネニンジンを飲みなさい」

と教えてくれた。

中国産のニンジンで、日本では朝鮮人参とか高麗《こうらい》人参と呼ばれている。これなら僕も聞いたことがあった。

うつ病に効くとはいうが、けっこう値段は張る。1日4粒飲んで、30日分で1万6200円ということだった。

高価だが、とんでもない値段というほどでもない。

父はこの日興奮していた。ものすごく感動したらしい。この先生なら息子を立ち直らせることができると確信したようだ。

「すごい先生だ。医者もよく来るそうだ。あのやんごとない人でもオタネニンジンで元気になったというぞ」

僕はだいぶ軟化はしていたが、そのころは再婚を繰り返している父にはうんざりしていた。

パーラーオレンジ先生のところには、国会議員や大企業の会社経営者、芸能人らもよく来るそうだ。

喜ぶ父が、わらにでもすがっているようで、情けなくなった。

しかし、あまりにも勧めるものだから毎朝飲んでみることにした。

それだけではない。

「7月13日に予約が取れたから一緒にいこう」

父は再び予約を取り、僕を強制的に連れていった。

本当なら1年待ちなのだが、オタネニンジンの縁で、2週間後に会うことができた。

オタネニンジンは健康食品の店から購入するもので、代金がパーラーオレンジ先生の懐に入るものではない。それでも、先生は上機嫌だった。やはり、どこかおかしい。

父のベンツで高速道路に乗って、上野《うえの》の先の入谷《いりや》で降りて三ノ輪に向かった。

「では、手を触らせてくれますか」

パーラーオレンジ先生は僕に言った。

手を差しだすと、「おや、冷たいですね。あなたは低体温です」と言われた。

不健康だと指摘されたようで、不愉快になった。

ダイエットに成功してもう2年以上が経っていた。理想的な体重も維持しており、ダイエットの成功の体験談まで書いている僕なのだ。

「血液検査ではすべて正常値です」

僕は言い返した。

「健康診断の数値ではわからないことが多くあります。ちなみに身長はどれほどありますか？」

「170センチです」

「体重は？」

「57キロです」

「それは痩せすぎです。身長から110を引いた数値がベストな体重です」

これも癪に障った。痩せて悪いはずがない。僕はダイエット教室の広告塔であり、痩せることは美徳であった。

「パーソナルジムをお勧めします」

「パーソナルジム？」

「マンツーマンで行う個人専用のトレーニングです」

先生は僕の自宅から通えるジムを紹介してくれた。ここでも、先生の懐にお金が入るわけでもない。どうも、金銭的な感覚は欠落しているらしい。

「超健康になりましょう」

「超ですか」

「筋肉を付けるのです。筋肉を付けて、基礎体温を上げてください」

僕はもうカチンとは来なかった。

そのときには、完全にパーラーオレンジ先生に惹かれていた。

この先生にかかれば、僕は本当に超健康になり、完全に社会復帰できるのではないかと期待したのだ。


不思議な先生だった。

どんなジャンルの占いかわからない。誕生日などを聞いたから九星気学かもしれない。鋭い眼光を持っているから、霊感霊視に長《た》けているのかもしれない。

占いの先生というのはそれぞれ得意なジャンルがある。

タロットカードを得意とする人もいるし、姓名判断を得意とする人もいる。除霊や浄霊をする人もいる。

それぞれの分野で占い、それぞれの分野で解決策をさぐる。

パーラーオレンジ先生はどうもそのへんがよくわからない。

「お店に入ってきただけで、その人がどういう人なのかわかるんだ」

先生は言っていた。

繁盛はしているが、喫茶店は行列ができるほどではない。それでも占いは1年待ちなのである。

パーソナルトレーナーとの契約

パーラーオレンジ先生に紹介されて、僕は自宅アパートの近くのジムを訪れることにした。

そんなに大きなジムではないが、一通りの設備は整っている。

初回に行ったときにいろいろ計測して面談があった。

「平野さん、あなたの筋肉量は女性の平均値以下です」

いきなりそう言われた。

ずいぶんな侮辱であるが、確かにダイエットを追求してきたので、痩せていることに間違いはない。

「でも僕は散歩をしたり、ジョギングをしたり、ジムでエアロバイクを漕いだりしてけっこう運動はしているんですが」

僕は言い返した。

「有酸素運動では筋肉はつきません。無酸素運動をしなければいけません。きつい運動です」

「そんなものですか……」

「そうです。バーベルやダンベルを使いましょう。そして、自分の体に自分で筋肉を付けるのです」

筋肉を付ける。僕はこの言葉にクラクラした。

僕に欠けていたものは、筋肉だったのではないか、そう思った。

確かに僕は、メディケアダイエットに通って、体についていた余分な脂肪をざっくりと落とした。だが、落としただけでは意味がないのではないか。

これからは、自分に必要なものを自分の身につけていく時期ではないか。

僕はダイエットの成功で、ものすごく可能性が広がった気がした。人生に対する新たな意欲が湧いてきた。脂肪とともに絶望感や脱力感も落ちていたのだ。

さらに、第2弾として体に筋肉をつけていくことで、可能性がさらに広がっていくのではないか。

僕はとてもワクワクしてきた。

僕は、その場で1年契約を結ぶことにした。


この日以来、僕の趣味は筋トレになった。

僕が今まで趣味を持ったことがあっただろうか。

夢中になりやすい性格ではあるが、趣味だと自覚したものはない。

これが初めてともいえる本格的な趣味が筋トレだった。

完全にのめりこんだ。自宅にもダンベルや鉄アレイがあって暇があれば筋肉を鍛えている。

毎日時間があれば近所のジムに通っているし、専属トレーナーにも週2回通っている。

これは本当に厳しい。辛いし痛い。

これと比べれば、仕事なんてどれほど楽なことか。

僕は死ぬ1秒前まで筋トレをしていたいと考えている。

それぐらい筋トレにはまっている。

結局、その専属トレーナーとは更新が続き、4年近く通っている。

ブログの開始

僕はオタネニンジン枠で毎月パーラーオレンジ先生に会うことができるようになった。

特に何を占ってもらうわけではない。そもそも、占い自体がそんなに好きでもない。

パーラーオレンジ先生がたまらなく好きなだけだ。

いろいろな話をしてもらった。

K1のトレーニングはとんでもなくつらくて、99パーセントが脱落するという。パーラーオレンジ先生は残った1％の人なのである。

「プロの道は狭い門だよ」

先生はそう言って笑った。

「平野さん、だいぶ筋肉がついてきたな。これから女の子に逃げられることはもうない」

と言うので、僕は照れた。

「ボクサーは減量のプロだ。かれらは1日に5キロも簡単に痩せることができる。ガッツ石松はすごいよ。普通の人が彼のパンチ受けたら即死だよ」

そういう面白い話も聞かせてくれる。

「おしゃべりに見えるかもしれないが、唾液が健康にいいんだ。おしゃべりな人間は長生きだよ」

そうして40分はあっという間に過ぎてしまうのだった。

先生は見るからにマッチョで、腕立て伏せなら1000回もできる。でも、占いは圧倒的に女性客が多いようだ。

「言い寄られたことは何度もあるよ。でも、すべて断っているんだ。俺は嫁さんに惚《ほ》れているからね」

と言っていた。それから、

「呼吸は大事だよ。呼吸なんて生きていればいつでもしているけれど、吐くことと吸うこと。これを意識するだけでぜんぜん違う。精神が統一される」

という話を聞いてからというもの、僕は意識して呼吸することになった。「全集中」だといって、二人で笑っている。

かかと落としも教わった。健康枕も教わって、ネットですぐに買った。健康枕のおかげでぐっすりと眠れるようになった。

だいたいうつ病患者は不眠症が多い。僕も不眠で苦しめられてきたが、パーラーオレンジ先生は、

「眠る必要はない。目を15分つぶるだけでいい。これだけで不眠は解消できるものです」

と教えてくれた。これでずいぶん救われた。

半年ほどして、僕は目に見えて元気になっていった。

これなら仕事ができるだろうと、介護施設の仕事に就いた。介護職ではない。清掃が仕事だった。この施設では2カ月間、無遅刻、無欠席、無早退だった。

仕事自体では疲れることはない。本当に体力には自信を持つことができた。

だが、壊れやすいのはメンタルだった。人との付き合いがうまくできない。

さらに翌年2018（平成30）年8月からは自宅から40分ほどのゴルフ場に勤めることになった。これもキャディや事務ではない。やはり清掃の仕事で、脱衣場の掃除をしたり、鏡を拭いたりしていた。


2018（平成30）年5月になって、僕は初めて自分のことを綴《つづ》った文章を書いた。この本の元となる、自伝のような内容だった。ところが、あまりにも拙くて、とても読んでいられない。それでも、少しずつ書き溜めて、整理していくことになった。

メンタルな面は鍛えられていき、僕はポジティブになることができた。

2019（平成31）年2月に僕は重大な決断をする。18年続けてきた投薬治療を、勝手にやめてしまったのだ。この決心ができるほど、僕は自分の健康に自信を持つことができた。

さすがにパーラーオレンジ先生は案じていた。

スピリチュアルな先生の中には、西洋医学を否定する人が多い。すぐに「薬を止めてしまえ」と命令し、自分の健康法を強制するのである。

しかし、パーラーオレンジ先生はそんなことはなかった。

「後遺症が残る危険性がある」

そう指摘していたが、やめなさいとまでは言わない。うまく共存するよう推奨していたが、僕は自分の意思で薬と決別したのである。

東京へ引っ越し

僕はパーラーオレンジ先生なしには、日常が考えられないようになってしまった。まさに人生の道しるべであり、太陽のような人であった。エネルギーと言ってもいいかもしれない。

道しるべと思ったのは、恩師に続いて、パーラーオレンジ先生が二人目であった。

三ノ輪に引っ越そうと決心したのは、２０２０（令和２）年5月ごろのことである。

このころは、コロナによる非常事態宣言が出されていて、外に出歩くものがほとんどいなくなった時期だ。

ところが、どういうわけか僕の勤めているゴルフ場は普通どおりに客が来ていた。

出社する必要がなくなって、暇を持てあましているような管理職や経営者が会員に多いゴルフ場なのである。

「いやーさすがにゴルフ場は空気がいいわい」

「これじゃあ、コロナも心配ないよ」

などと、お偉いさんたちは喜んでいた。

ゴルフ場での勤めが終わると、僕は高速に乗って東京の三ノ輪に急いだ。千葉から三ノ輪に通うのは、まったく苦にならなかった。体力がついてきたのである。


いつもなら2時間ほどかかるのだが、高速がガラガラのときは、1時間半ほどで着くことができた。そこで先生の得意料理の焼きプリンを食べたり、一番高価なエビフライ定食1000円を食べたりしていた。それから満足して、千葉のアパートに戻るのである。

ふと僕は、こんなふうに通っているのは、時間のムダではないかと思った。先生の近くにいて、先生と同じ空気を吸いたい。先生の波動を感じることのできる距離に住みたいと思った。

このころ僕は、実家を出てアパートに一人暮らしをしていた。恋人と別れてから、もう実家には帰っていなかったのである。身軽だったので、簡単に引っ越すことができた。

僕は生まれついてから、ずっと海辺の町で暮らしてきた。引っ越した三ノ輪は極端なほどの東京の下町である。国道から入ると狭くごちゃごちゃした道と家があって、その道も行き止まりが多い。

町のにおいや人のにおいであふれている。

近くに有名なアーケード街があって、惣菜を安く買うことができた。

そして、何よりもパーラーオレンジ先生の喫茶店に歩いていける距離なのである。

僕はパーラーオレンジ先生の店へ、毎日通うようになった。

登録販売者の資格取得

2019（令和1）年10月には、もう一つ大きな事件があった。登録販売者の資格を取得したのである。

登録販売者とは、一般の医薬品を販売できる資格だ。薬の販売には薬剤師が必要となるが、登録販売者を置けばかぜ薬や鎮痛剤などの販売ができるようになる。

この資格を持っていると、ドラッグストアなどに正社員として入社することができ、僕は3年越しで受験していた。このため、新宿の教室にも通っていた。

学歴や職歴が不要なことも大きな魅力であった。

2年続けて落ちていたが、この年の2月から抗うつ剤を止めていたので、頭が良くなったのではないかと思う。実際いつも気持ちがスッキリして、記憶力も高まった気がした。

この8月は宮城県で受験し、秋には合格通知が届いた。

合格したことを精神科医に報告すると、本気で驚いていた。そうでなくても40代を過ぎると記憶力も根気も落ちていくものだという。

だが、抗うつ剤を勝手に止めていることまでは言わなかった。

東京三ノ輪に引っ越してからいくつものドラッグストアの入社試験に臨んだが、さすがに年配者に門戸を開いてくれなかった。

10社ほど受けたがすべて断られた。中には筆記試験があり、論文も書いたが、なかなかOKを得ることができなかった。若い人か、年配者なら経験者を求めたのかもしれない。

8月13日に引っ越して、翌14日から新しい仕事場に向かった。

何しろ元気だ。アパートの近くに事務所のある清掃会社に正社員として勤務することになった。車で機材を運んで、学校や企業でポリッシャーがけをしたりする。

こんな仕事は慣れている。何の苦もなく働くことができたが、2週間でクビになった。リーダーに逆らったのが理由だ。

逆らった覚えはない。仕事の進め方を提案しただけだが、上司に意見をしたとして、明日から来ないでくれと言い渡された。

それでも仕事先はある。

次も清掃員である。ハウスクリーニングという住宅専門の清掃会社で、エアコンやキッチンの換気扇などをきれいにする。

仕事に無理はなかったが、これもすぐにクビにされた。やはり提案したことについて「俺のやり方に従え、いやなら辞めろ」と迫られ、嫌気がさした。

さすがにチームワークは難しいように思えてきた。

考えてみれば、他人とのコミュニケーションに難があると、若いころから自覚していた。元気になりすぎて、それを忘れていた。

3回目は慎重に選択し、自分一人で完結する職場を選んだ。学習したのである。2020年10月からのことである。

ビル1棟分の会社からゴミを集め、分別し、パッカー車（ゴミ収集車）に押しこむまでが仕事だ。

ほとんど一人でやる仕事だから、他人と喧嘩《けんか》のしようがない。

お見合い

2020（令和2）年8月、パーラーオレンジ先生の近くに引っ越してからは、いろいろなことがあった。

僕はお見合いを勧められた。8月と9月、続けざまに2回もである。

けっこう衝撃的だった。

「僕は結婚したいんです」

常々僕は先生に言っていた。

「それはとてもいいことだ」

先生も笑顔を見せてくれた。

「いい人が何人かいるよ、今度紹介しよう」

先生はとても簡単なことのように話を進めてしまう。だが、こっちは心の準備もできていなかったから大変であった。

夢の中に、幼なじみの哲ちゃんが現れた。どういうわけか、彼が夢の中に出てくるということが起きるのだ。きっとお見合いもうまくいくに違いない。

それでも不安があったので、僕は思い立って大阪の心理学教室の加藤木先生を訪問することにした。

先生は快く相談に応じてくれた。

僕は大阪梅田《うめだ》の教室まで、新幹線に乗って2時間ほどかけて訪れた。雑居ビルの小さな相談ルームだった。

「お久しぶりね」

先生は、笑顔で迎えてくれた。

「ご無沙汰しています」

僕も答えた。

本当に久しぶりだ。もう8年になるだろうか。

先生と出会ったころは、僕はまったく社会慣れしていなかった。

そういえば、先生の講座の最後には振り返りシートというのがあった。そこに自由記入欄があって、授業の感想を書くのだが、僕は何か書こうと必死になるものの、結局何も書けなかった。ひどく申し訳ない気持ちで、白紙で提出していたのだった。

「覚えているわ」

先生が答えてくれた。

「いつも白紙だったけれども、何か書こうとする跡がにじんでいて、書こうとしても書けないんだとわかっていたわ」

「ありがとうございます」

「気持ちだけでいいのよ。嬉しかったわ」

先生は言ってくれた。

僕はとても嬉しくなった。

「今度お見合いをするんです。その相談なんです」

僕は恐る恐る切りだした。

「あら、結婚の話？」

「はい、そうなんです」

「いいじゃない。結婚はいいことよ」

先生は励ましてくれた。

僕も一人では心細いし、物の見方が偏るような気がしていた。理想の女性と一つになることで、人間として完成するような気がするのだ。

そんなことを、僕は夢中になって先生に訴えた。

先生も喜んでくれた。

「私もね、今の夫とは自分のほうから結婚を申しこんだの」

先生は、自分のことを語ってくれた。

「この人を逃したら、もう一生出会いはないと思って、勇気を出したの。もちろん最初で最後よ」

僕は打ち解けて、先生と離れてからの8年間のことを、とりとめもなく話した。

あっという間に2時間が過ぎた。


1回目のお見合いは、引っ越して間もなくのこと。

いつものように先生の喫茶店で晩ご飯を食べていたところ、そのテーブルに近寄ってきて先生が「今日これから時間はあるかい」と尋ねてきたのだ。

「もちろんです。大丈夫です」

僕は答えた。

「紹介したい女の人がいるんだ。会ってくれないかい」

「……今からですか」

「そうさ」

先生は首を奥に向けた。

女性の姿が見えた。占っている最中の女性のようだ。

いくらなんでも、こんなにいきなりと思ったが、断るわけにもいかない。

「喜んでお受けします」

僕は微笑み返した。食べたものが、どこかに吹き飛んでいった。


ほどなく占いが終わってその女性が僕の前に座った。

この人も占いの途中で、お見合いを勧められたに違いない。

ためらっている様子がわかった。

年齢は50歳。小柄で清楚《せいそ》な方であった。

互いに自己紹介をした。

ぎこちなく僕は「趣味は筋トレなんです」と言った。

「あら、私も筋トレが趣味なんです」

驚いたように女性が言う。

二人はいきなり打ち解けた。さすがパーラーオレンジ先生だと思った。

筋トレの話で盛り上がり、この日は20分ほどで別れ、連絡先を交換した。


僕はいきなり前途が開けるような気がした。

だが、その相手からは間もなく断りのメールが来た。

「ごめんなさい、あのときは、パーラーオレンジ先生からの紹介で、勢いに乗って会ってしまいました。今はそういう気にはなれないので、申し訳ないんですが、この話はなかったことにしてください……」

ということだった。

人生で2回目の失恋となった。

落ちこむことはない。失恋にも慣れが必要だ。

僕は、少し自分が図太くなったような気がした。


2回目のお見合いは9月になってからのことである。

さすがにいきなりではなかった。お見合いをセッティングしたから、来てくれと先生から言われた。

行くとまだその女性は、占い中であった。

僕は興味深く占い中の二人を眺めていた。

紹介された女性は、やはり50歳ぐらいの利発そうな方だった。動きが機敏だ。

仕事は家事代行だという。流行りの仕事でけっこう忙しいと言っていた。

僕はハウスクリーニングの仕事をしていたので、仕事のことで話は盛りあがった。

また二人で連絡先を交換してこのときは別れた。

それからメールで何度かやりとりをした。

僕は会ってもらえないかと何度か告げたのだが、なかなか時間が取れないようだ。僕のことを嫌だとかは言わないが、何しろ忙しい。二人の時間がうまく合わない。

何回かやりとりをするうちに、僕も状況が飲みこめてきた。

たぶんそういうことなのだろうと、僕も手を引くことにした。

おかげで僕も、ずいぶん打たれ強くなった。

その後の生活

夜は8時には寝て1時半に起きる。

朝ご飯を食べて3時半には出勤だ。勤め先には自転車で向かう。何しろまだ電車もバスも動いていない。

仕事は4時31分からである。

僕は完全に無遅刻・無欠席・無早退を続けている。これを続けたことで、所長も僕のことを認めてくれるようになった。

休みながらでいいよと、ほかの人も言ってくれるが、休む気になれない。

体を動かすのが、たまらなく楽しいのだ。

今の仕事を正社員として2年続けると、マンションを購入できる。住宅ローンを組めるようになるのだ。

結婚して家族を持って、家を買って幸せに暮らしたい。

そのための苦労なら、喜び以外の何物でもない。

僕は何にだって喜びながら耐えることができる。


もちろん僕のような人間ばかりではない。

同僚の中には休んでばかりいる人間もいる。いつも椅子にもたれて、けだるそうな顔をしている人も多い。

それを見て僕は、病んでいるなと思ってしまう。

僕は周囲を気にすることなく、休むことなく働いて、働けることに喜びを感じている。

僕はきっと労働生産性の高い、とても優秀な労働者ではないかと思う。

午後2時には、仕事が終わる。

自転車で近所のジムに駆け付ける。または個室喫茶に入ってユーチューブを見たりして寝そべって過ごす。

そして晩ご飯はいつも、パーラーオレンジ先生のお店に行って食べる。帰りには卵サンドを買って持ち帰る。それで8時には眠るという毎日だ。

不定休である。

月9日間は自由に休みを取ることができる。これはきちんと取っている。この休みを利用してパーソナルトレーニングジムに通ったり、精神科の病院にも通ったりしている。精神科への通院は義務になって、止めるわけにはいかない。薬は飲んではいないが。

精神科の先生は、僕が元気になったことを信じられないようだ。

先生より僕のほうが元気なぐらいだ。

薬をやめてから元気になったし、頭の回転も速くなった。

人生にも驚くほど前向きになっている。

セミナーでの講演

オタネニンジンを販売している健康食品販売会社の社長に請われてセミナーで体験談を語ったことがある。

「簡単な自己紹介ぐらいでいいんですよ。あとは筋肉でも見せてくれればそれで十分なんですから」

社長は軽い調子で言っていた。

でも、それなら僕にでもできるかもしれないなと思って、引き受けることにしたのだ。

ただ僕は、人前でしゃべるのはひどく苦手だ。

ずいぶんビクついたが、演壇に立って自分の名前を言った。

参加者は10人ぐらいの小さな集まりだ。

なぜオタネニンジンを飲みはじめなければならないのか。それにはまず、真夜中にお寺の鐘を鳴らしたことから始めなければならない。僕はあのとき完全に、狂気の世界に入りこんでいた。

親との確執が原因だ。そうして精神科病院に隔離され、10カ月の長期療養。社会復帰することもできず、朦朧《もうろう》としているときに紹介されたのが、パーラーオレンジ先生でありオタネニンジンだった……。

というような話をしはじめた。

会場はしんとしていた。話を終えると拍手があって、参加者の中には涙ぐんでいる人さえいた。

オタネニンジンに感激したのではない。僕の半生の記録に感動したのだ。

あのような状況下に置かれても、このようにちゃんと社会復帰できることに驚いているのである。

社長は大喜びである。

場所柄、社会復帰できた理由はオタネニンジンにあります、とは言ったが、確かにある程度はあるだろうが、そのほかにもとても多くの人との出会いがあった。

「すばらしいですよ、平野さん。もう一度お願いしますよ」

リピートの依頼があった。

僕も人前でしゃべる快感を覚えた。なんて気持ちがいいのだろうと、僕も感激してしまった。

2回目のセミナーは栃木で行い、ここには30人が集まった。そして3回目が50人。これは取手で開催された。やる度に人数が増え、いよいよ盛況だ。

社長は大喜びである。

「平野さん、4回目はもっと大きな会場でやりましょう。大阪にいいところがあります。今度は100人ぐらい集めますよ」

そう意気込んでいた。

ところが、2020年初頭のコロナ禍の影響により、予定は立ち消えてしまった。

だが僕は、大きな感触を得ることができた。

僕の話で涙をこぼしたりしていた人が確実にいたのだ。

オタネニンジンから離れて、僕だけの話でも一つの大きなサクセスストーリーになるのではないか。もっと多くの人に聴かせる価値があるのではないか。

こんなことから、僕は本の出版を思い立ったのである。

3回目のお見合い

3回目のお見合いは、年が明けて2021（令和3）年のことである。お相手の女性を1月に紹介された。

その日、僕はパーラーオレンジ先生の喫茶店に行くのが遅れそうだったことから、

「今日は7時半に行きます。ギリギリなので、料理作っておいてもらえませんか」

と電話をしておいた。

「ええ、けっこうですよ。何にいたしましょう」

ママが答える。

「いつものカキフライで」

僕はそう伝えておいた。

行くと、ママがこちらの席へどうぞと勧める。

パーラーオレンジ先生は奥のほうで占いをしていた。僕の隣の席には女性が一人、ほか

にも客は数人程度であった。

すぐに食事が来て、普通に食事をしていたが、占いを終えた先生がニコニコしながら近づいてくる。

「平野さん、こちらの女性はね」

先生は話しかけてきた。

名前を告げてから、

「38歳。近くに住んでいてね。君のことを紹介したらとても気に入ってくれたんだ」

見ると、隣の女性が控えめに笑っている。また始まったかもしれないと、僕は思った。

「良かったらね、今度ゆっくりお会いしたいと言うんだがどうだろう」

僕も急ぎ微笑んで見せた。きれいな人だ。38歳よりはずいぶん若く見えた。

「喜んで。こちらこそ、よろしくお願いします」

僕は答えた。

「この人はね、飲食店の仕事をしていてね。今度デートしたらどうだい。予定でもあるかい」

「いえ、ありません。空いています」

即答した。

僕に断る理由なんかない。若いし美人だ。こんなありがたいことはない。

「じゃあ、決まりだ」

場所はこのお店、今度待ち合わせすることになった。僕は仕事を終えてから駆けつけることになる。

「外へ行ってみたらどうだい」

先生ばかりがしゃべっている。確かにもう閉店の時間だった。

二人で押されるように店の外に出た。

僕はドキドキした。

外に出ると彼女の自転車があった。

「これに乗ってきたんです」

彼女は笑って言った。

パーラーオレンジ先生が出てきて、僕たちを見送ってくれた。

僕の心の中ではもう恋心が芽生えていた。

この恋はきっと成功するに違いないと、勝手に思った。

次の日も僕はパーラーオレンジ先生の喫茶店に行った。

「いい子だろう」

先生は微笑んでくれた。

「はい。とても」

僕は答えた。

「彼女は結婚したがっている。とてもしたがっている」

「いいですね」

「何しろ、あの子は若い。子供が産める」

「なるほど。そうですね」

僕は頷いた。とんでもなく彼女が魅力的に思えてきた。僕は家族愛に飢えているのだ。


僕はずいぶん早い時間にパーラーオレンジ先生の喫茶店に入った。

彼女が店に入ってきた。

「ごめんなさいね、ギリギリで」

彼女は息を切らしながら言った。

「いつもこんなにギリギリなの」

そう言いながら座った。

ぜんぜんギリギリなんかではない。どうやらそういう性格の人らしかった。

前回は話らしい話もしていない。僕はいろいろなことを言おうと、ずいぶんと考えていた。

まずは、お互い趣味の話をした。

彼女はサイクリングが趣味だという。

「それはいい。今日は天気もいいし。では、サイクリングに行きませんか」

僕は反応した。

「いいですね。私、行きたいです」

彼女も乗ってくれた。

僕は通勤用に買った自転車に乗ってきていた。

二人ですぐに店を出ることになった。

5分もいなかったのではないだろうか。

明治《めいじ》通りから土手《どて》通りを隅田《すみだ》川に向かう。空は青いし絶好のサイクリング日和だった。

風が少し強かった。僕は風に青春を感じた。

このあたりは僕の職場のようなものだ。ずいぶん詳しい。

だが、彼女も僕も、特に何をしたいというわけではない。ただ、通りの向こうに行きたかったのだ。


商店街を歩いて、いろいろな話をした。

そのうちお腹も空いてくる。

「何か食べませんか」

僕は聞いた。

「何にしましょう」

譲り合いが続いてから、二人でパスタを食べることになった。適当なスパゲティ屋さんを見つけて入って、またいろいろな話をした。

例えば洗濯の話。

僕は一人暮らしをしていて、毎日洗濯機を回す。今日も洗濯機に洗濯物を入れて、スイッチを入れたままうちを出てきた。

「あら、それはいけないわ」

彼女は言う。

「洗濯するとすぐに雑菌が入るの。だから洗濯が終わったら、すぐに干さなきゃいけないの」

「そうなんですか」

初めて僕は知った。

結局トータルで2時間ぐらいは一緒にいただろうか。

初めてのデートは、短いほうがいいと誰かに聞いたことがある。

次のデートの日どりを決める。

「今度もまたこのあたりに来ませんか」

僕は提案した。

「いいですね。今度は水族館に行きたい」

「僕も。まだ行ったことがないんです」

「私、水族館大好き。しょっちゅう行っているんです」

彼女は笑った。

二人でまた土手通りを戻って、帰った。水族館に行くことと、次回の待ち合わせ場所を決めて、僕らは別れた。


僕の日常はいきなり活気づいた。

何しろパーラーオレンジ先生の紹介だ。「今度はうまくいくよ」と、先生も太鼓判を押している。これなら間違いはない。

僕は夢中になっていた。

職場の同僚にも、みんなしゃべってしまったほどだ。独身が多い職場だ。みんなが聞きたがるし、勝手にアドバイスまでくれる。所長は僕の休日を彼女に合わせてくれた。今まで苦手だった同僚とのコミュニケーションが、自然に取れるようになった。

もちろん洗濯物はすぐ干すことにしている。

デートを前に、僕はいろんな準備をした。

まずは、水族館の割引券の購入だ。同業の知り合いから水族館の半額の優待券をもらった。

パーラーオレンジ先生に彼女へのプレゼントのことを相談した。彼女の誕生日が近いのである。

「ブレスレットはどうでしょうか」

「それはいい。きっと喜ぶよ」

と先生が言ってくれた。

「でもね。彼女は潔癖性なところがあるから、身に付けるものを嫌がるかもしれない」

「確かに、ずいぶんきれい好きですね」

「こう言えばいい。左のポケットに入れておくだけで幸運のお守りになるよと」

こんなことまで教えてくれた。


当日、待ち合わせをして、二人で水族館へ向かった。会うなり彼女は、

「ごめんなさい、今日髪の毛が傷んでしまって、このあと美容院に行かなければいけない

の」

と言った。僕にとっては十分だった。彼女が一緒にいる間、何度か時計を気にしていたので、

「何度も時計を見なくてもいいよ。時計を見ても時間が延びるわけでもないんだし」

と声をかけた。

「そうね、ごめんなさいね」

と彼女は笑った。

この日も彼女はいろいろなことを話してくれた。彼女のいろいろなことがわかった。

カワウソが好きなこと。

きれい好きで、一度着た服は洗濯すること。

エレベーターが苦手で階段が好きだということ。

海と温泉が好きだということ。

カレーが好物なのだけれど、にんじんが苦手なこと。

自分で話して、自分でコロコロと笑うのだった。

マスクマニアであることもわかった。コロナが流行るずっと前からいつもマスクをしていたという。ずいぶん買いためてあったから、マスク不足には困らなかったようだ。

「でもね、マスクが高くなって、本当に困ったわ」

と、こぼしていた。


誕生日プレゼントに買ったブレスレットを渡した。「君の笑顔に癒される」とメッセージカードも入れておいた。

「ありがとう」

と彼女は言ったものの、

「ごめんなさいね。私、手には数珠《じゅず》以外つけたことがないの」

と、パーラーオレンジ先生が言ったとおりの言葉が返ってきた。

「でもそのブレスレットはね、左側のポケットに入れておくだけでお守りになるんだ。パーラーオレンジ先生がそう言っていた」

「あらそうなのね。そうするわ。嬉しい」

彼女の瞳が輝いた。シナリオどおりに会話は弾んだ。

実際それから彼女は、いつも左ポケットにきれいな布で包んだ僕のブレスレットを入れているそうだ。

3度目、4度目と僕らのデートは続いた。

僕にも彼女の影響があった。

例えば僕は、彼女がもっている自転車と似た自転車を買った。カゴに荷物を入れると、雨の日でも濡れなくて、とても便利だ。

家族を持つこと

思えば昔の僕は、いつも朦朧としていて、自分に未来があるのかどうかもはっきりとわかっていなかった。

だが今は違う。未来は自分がつくるんだという強い意志を持っている。

やりたいことの最も大きなことが、家族を持つことである。

僕は生まれてからというもの、常に家族に翻弄されてきた。

それを僕は克服する。

必ず自分の手で理想の家族をつくりだす。絶対につくる。

そんな強い意志が、僕にははっきり芽生えている。


ダイエットに成功したことによって、よけいなものが僕の体からどっさりとそぎ落とされて、僕はいくつものしがらみから解放された。人生のデトックスに成功したのだ。

その痩せた体に、僕は自分の意志で筋肉をつけ、強さとしなやかさを得たと信じている。

自分の体は自分でつくるものであり、自分の未来も自分でつくるものだ。

もう誰にも壊されたりしない。

僕には強い体と強い意志がある。そして未来がある。すべて自分でつくりあげるのだ。


僕は生きる。

強く生きる。

美しく生きる。

僕は愛する。
家族を愛する。
強く愛する。
もう死ぬことなんて考えない。
家族のために生きていくことを誓う。
家族に人生を捧げる。
家族は僕の生きた証しとなる。
僕は強く、未来へと生きていく。

終わりに

最後までお読みくださり、ありがとうございました。

僕は自分でも、途方もないような人生を送ってきたと思います。

プラス方向にせよマイナス方向にせよ、ひどく過激な行動ばかりを繰り返してきました。

その原因が、この書籍を書きながら初めてわかりました。すべては「家族愛」の欠落が原因だったのです。

人に求めすぎるところがあるのも、家族愛に飢えていたからでしょう。

でも、今はもう違います。パートナーとなる女性と出会うことができました。

彼女と一緒にいることで、自分に欠けていた家族愛を埋めることができたのです。

きっと僕はこれから、平々凡々な普通の人間になっていくと思います。

そして、これほどの幸せが他にはないと確信できるのです。

最後に書き添えたい。

僕のように、重い精神障害に悩まされている人は多いと思われます。

人間関係が複雑になり、いくつものプレッシャーに押しつぶされ、心に病を抱えている人はいくらでもいることでしょう。

そんな人たちの相談相手になりたい。

僕は心理学の教室に通って、カウンセラーの資格を持っているから、カウンセラーとして多くの人の役に立ちたいと考えています。

体験者にしかわからない精神障害の苦しみがあります。

少しでも多くの人が、その苦しみから解放されて、生きる喜びを味わっていただければと望んでいるのです。

著者プロフィール

平野 満咲人（ひらの まさと）

1973年、千葉県出身。

中学生になったころから、両親の愛情に疑問を持ち始める。

その後、多くの人との出会いがあり、現在は自らが求めていたものに気付くことができ、幸せに暮らしている。

病んでいた僕が別人のように元気になる本

2021年９月１日　初版第１刷発行

著　者　平野 満咲人
発行者　瓜谷 綱延
発行所　株式会社文芸社
〒160-0022　東京都新宿区新宿１－10－１
電話　03-5369-3060（代表）
03-5369-2299（販売）

印刷所　株式会社平河工業社

ISBN978-4-286-22674-3